한국 희곡 명작선 26

적산가옥

한국 희곡 명작선 26

적산가옥

백하룡

평민사

백하룡

적산가옥

겉으로는 아름답게 보이나
그 안에는 죽은 사람들의 뼈와
모든 더러운 것이 가득하도다
— 마태복음 23 : 27 —

등장인물

최승림
최경진
최인석
윤정혜
천태경
구필호
지서방
길례
소녀
일본군1, 2
사회자

프롤로그

성난 군중들의 소리 ―
미미하게 일왕의 항복선언문 소리.

무대 밝아온다.
탁상을 앞에 두고 한 여자가 앉아 있다.
검은색 양장 차림의 차갑고 핏기 없는 얼굴 ―

군중과 여자 사이엔 팽팽한 긴장과 침묵이 흐른다.
그 침묵 속에서
일왕의 항복선언문 소리 고조된다.

여자는 조금씩 웃음을 터뜨리기 시작한다.
슬금슬금 물러나는 군중들.
군중들 저택에 불을 던지고 달아난다.

휘감는 연기 ―
그 안에서 절뚝이며 한 사내가 걸어 나온다.

어둠.

유성기 소리.

목포의 눈물   .

사공의 뱃노래 가물거리면
삼학도 파도 깊이 스며드는데
부두의 새악시 아롱젖은 옷자락
이별의 눈물이냐 목포의 눈물

1

바닷가 언덕 위 대저택의 정면 ─

붉은색 벽돌 양옥에 흰색 대리석 기둥이 지붕을 받친 독특한
형태의 적산가옥이다.

처마 밑엔 흰색 페인트로 天照大神 ─

'일본의 개국신 아마데라스 오미카미의 영부靈簿' 라 쓰인 흑
갈색의 작은 나무상자가 걸려 있다.

저택 앞엔 유성기가 올려진 야외용 탁상과 의자 모퉁이로 향
나무가 심어진 정원이 보인다.

막걸리로 목을 축이며 노래를 따라 부르는 집사(지서방) ─

다려지지 않은 흰색 와이셔츠와 줄이 나간 검정색 바지 차림
의 60대 노인.

지서방   삼백 년 원한 품은 노적봉 밑에…

지서방, 따라 부르다 유성기에 귀를 붙이며.

지서방   이리 애닯을까.

길례   안개, 안개… 하루 이틀도 아니고, 진절머리.

유모(길례), 소반을 이고 안개 속에서 모습을 드러낸다.

길례   귀 닳아 없어지겠수. 진종일 그 노래.

지서방   오죽 좋아? 이난영이가 구한말로 치면 나라 명창이라고.

길례   이거나 좀 받아요.

지서방, 소반 내리는 걸 도와주며.

지서방   요, 목포의 눈물은 국가에서 녹을 줘도 시원찮다구. (소반 냄새를 맡으며) 이놈 홍어 제대로 삭았네.

길례   언젠 타향살이 고복수 줘야 된다 침을 튀기더니, 늙은이 변덕하곤.

길례, 유성기를 끈다.

지서방   왜 꺼?

길례   시끄러워요.

지서방   (벌컥) 이난영이가 시끄러워!

길례   정원이라도 정리하던가. 또 난리 나지. (부엌으로)

지서방   무식한 여편네 같으니, 가락을 몰라.

막걸리를 한 잔 따라 마신다.

지서방　허긴, 그래서 무식한 게지만.

최승림, 외출했다 들어와 쏘아본다.

지서방　(조아리며) 아, 아씨…

세련된 양장차림에 장갑과 양산 ―

최승림　아침 댓바람부터 술추렴이지.
지서방　헤헤, 그게 그러니까 살짝 목만 축일 작정으로… 그나
　　　　　저나 어디 다녀오십니까, 마님도 그렇고
최승림　할아범!
지서방　예? (사이) 말씀하십시오.
최승림　내가 만만한가?
지서방　무슨 말씀이십니까.
최승림　그럼 우리 집안이 만만한 게군.
지서방　당치도 않습니다.
최승림　아니, 아버지가 출타 중이라고 우습게 보는 게 틀림
　　　　　없지.
지서방　천부당만부당입니다. 간밤에 무슨 일이라도, 헤헤.
최승림　그만! 뭘 아는 척 능글거리는 그 웃음도 역겨우니까.
지서방　예? 아, 예 예. 그럼은 입쇼.
최승림　어서 이거나 치워. (사이) 묵혔다 두엄더미 만들 셈이야!
지서방　치울 건 치워얍죠, 헤헤. 참, 마님은 한숨도 못 잔 모양

입니다. 허긴 1년 만에 어르신을 뵌다니 설레기도 하시 겠죠. 그래도 뭐가 그리 안절부절한지, 헤헤. (퇴장)

최승림, 움찔하며 뭐가 말하려다 참는다. 의자에 앉아 생각에 잠긴다.
밝은 표정으로 저택에 들어서는 구필호 ―
프록 코트에 인버네스를 차려 입고, 머리는 포마드 기름으 로 빗어 넘긴 구필호는 부유한 집안의 한량임을 여실히 드 러낸다.
생각에 잠긴 승림을 보고 장난기가 동해 눈을 가린다.

구필호 누구게… 요?

최승림, 소스라치게 놀라 거칠게 손을 뿌리친다.

구필호 (무안하다) 하하, 장난 한번 치다 골로 갈뻔했네.
최승림 필호 씨. 어쩐 일이죠.
구필호 목포 시내가 떠들썩한데 어쩐 일은. 이건 우리 아버지 가 드리는 선물이구요. (구필호, 선물 상자를 내민다)
최승림 뭐예요?
구필호 불란서 꼬냑…
최승림 우린 지금 그들과 전쟁 중이죠.
구필호 노, 노! 심각하게 생각할 필욘… 술은 술일 뿐인데.
최승림 아버지가 좋아할진 모르겠네요.

구필호 오브 코오스. 이런 놈은 이런 멋진 집이 제격이죠. 붉은 벽돌에 흰색 대리석 기둥이라… 대단하잖아.

최승림 기형적이라고 비꼬는 건가요. 일본식도 아니고 구라파도 아니라고.

구필호 정말 오늘 까칠하군요.

최승림 언짢았다면 미안해요.

구필호 노, 노. 전 가부장에 쩔어 있는 꼰대가 아니라구요. 레이디 퍼스트… 흠흠, 경진이한텐 소식 없어요?

최승림, 말없이 바다를 본다.

구필호 양키 제국주의자 놈들의 마지막 발악이라니깐. 걱정 마요. 곧 승전소식과 함께 무사귀환.

멀리, 뱃고동 소리 ―

구필호 버어마라고 했죠? 어쨌든 승림씨 아버님도 대단하지. 삼대독잘 자진 입대시키고. 비하면 우리 아버진 졸장부죠. 나 징병 나왔을 때 난리법석 피운 걸 생각하면… (웃는다)

최승림 그 얘긴 그만해 줄래요.

구필호 전망 하난 끝내준다니까. 목포 시내가 한 눈에 쫘악… 죽이는군. 저 집들, 선착장의 배, 짙푸른 바다… 정말 끝내주지.

최승림   뭐가 끝내주죠. 저 정리도 안 된 항구가요? 더러운 옷을 걸치고 비린 생선이나 다투는 군상들이? 아님 보기에도 초라한 저 조막만한 배들이?

구필호   하하, 승림씨…

최승림   아님 저렇게 다닥다닥 붙은 오막살이가? 말해 봐요, 도대체 뭐가 그렇게 아름답죠?

구필호   혹시 제가 무슨 실수라도.

최승림   우리 아버질 비웃었으니까. 다 알아요. 겉으로만 아닌 척, 경진일 징병 보낸 거에 대해 말들이 많다는 거.

구필호   흠, 꼭 그렇다기보다.

최승림   아버진 저 모습을 내려다보며 숨 막혀 했죠. 내지(內肢 일본)의 아름다운 집들, 잘 정리된 항구, 깨끗한 시민들이 떠올라 자신을 몹시 괴롭힌다고.

구필호   그럼요. 조선은 아직 멀었죠.

최승림   일본보다 더 일본다운 조선, 사명감 하나로. 왜 아버지가 비웃음을 사야 하죠. 당신들 관심사야 미쓰코시 백화점의 레스토랑 따위인데.

구필호   하하, 하롤드 로이드의 대모테 안경이며 로버트 몽고메리의 넥타이도 빼먹지 마십시오.

최승림   훌륭하군요.

구필호   전 의무니 일본이니 조선이니 이딴 건 딱 질색입니다. 물론 제 이 생활을 유지시켜준다는 조건하에서.

최승림   자랑스럽겠어요.

구필호   아참, 이거 전해드린다는 게. 기사가 났는데.

구필호, 잡지를 꺼내 기사를 찾는다.

구필호 이번 달 녹갑니다. 놀라지 마세요. 저번에 하신 어머니 강연전문이 실렸다니까요.

최승림 우리 엄마요?

구필호 예. (읽는다) 외아들도 전장에…

사이렌 소리 ─ 뒤이어 오포 소리.

구필호 궁성예배시간이군. 하루 세 번 지겹지도 않아서, 원…

최승림, 일본 궁성을 향해 두 손을 모아 원을 만들고 요배를 한다.

사회자 지난달 20일 릿꾜(립교)대학 문학부 1년생 최경진, 창씨 명 마쓰무라 지로군이 용약지원을 하였다. 군은 현 중 추원 참의 최인석의 외아들로 경성대학 예과를 거쳐 립 교대학에 입학한 건장한 청년이다. 이 소식을 자택에서 들은 애국금차회 간사인 어머니 윤정혜는 기쁨에 떨리 는 목소리로 다음과 같이 말하였다.

윤정혜, 떠밀리듯 연단에 선다.

윤정혜 날로 가열하여 가는 결전에 내 아들을 국가에 바치게

된 것은 저로서 마땅한 일입니다. 그 아이는 황민의 아들로서 항상 동무들이 결전장으로 나가는 것을 볼 때마다 부러워하였더니 이번에 떳떳이 출진을 할 수 있어 얼마나 기쁜 일인지 측량할 길 없습니다. 부디 성전에 임하여 죽음도 두려워말고 황민의 아들로서 당당히 임하길 기도합니다.

욱일승천기를 앞세운 일단의 일본군들이 나온다.
최경진은 한 눈에도 표가 나는 고문관의 모습이다.

최인석　이제야말로 젊은 학도들이 망설일 때는 아니다. 길은 오직 둘뿐. 그 하나는 제 일선의 결전장으로 나가느냐 그렇지 않으면 탄환과 비행기며 병기와 군수품을 만드는 곳에 징용되어 봉공하느냐, 오직 둘뿐! 4천의 반도 학생들은 고대하노니 이에 학부형들은 답하라. 내 아들이거든 하루빨리 지원하라 전보를 쳐라. 전원일치 군영으로 돌입케 하라!

오포 소리, 최경진 넘어진다.

확성기　마쓰무라 지로!
최경진　하이, 마쓰무라 지로!
확성기　마쓰무라 지로, 일어나라!
최경진　마쓰무라 지로, 일어나라.

확성기	마쓰무라 지로, 앞으로!
최경진	마쓰무라 지로, 앞으로.
확성기	마쓰무라 지로, 進軍하라!
최경진	마쓰무라 지로, 進軍하라.
확성기	마쓰무라 지로, 일어나라!
최경진	마쓰무라 지로, 일어나라.

폭탄 소리, 최경진 몸을 웅크리며 떤다. 뛰어오는 일본군.

일본군	일어나, 마쓰무라 지로! 마쓰무라 지로 명령이다.
최경진	다리가. 다리가. 다리가.
일본군	마쓰무라 지로, 마쓰무라 지로 일어나!

일본군, 개머리판으로 최경진을 마구 가격한다.

일본군	고노 센징노 야쓰! 일어나, 이 조선놈 새끼야. 빠가야롯 고로시데마쓰 이 개새끼야!
확성기	일어나라 마쓰무라 지로. 진군하라 마쓰무라 지로. 앞으로 마쓰무라 지로.

피투성이가 된 최경진을 버려두고 일본군들 떠난다.
최경진, 벌레가 발작적으로 몸을 긁는다.

최경진	거머리, 거머리, 거머리.

확성기　진군하라 마쓰무라 지로!
　　　　　일어나라 마쓰무라 지로!
　　　　　앞으로 마쓰무라 지로!
최경진　거머리, 거머리, 거머리 — !

2

뜨개질을 하고 있는 윤정혜 ―

최승림   엄마답지 않아.

윤정혜   무슨 말이니?

최승림   사랑하는 사람이라도 생겼어요. 웬 뜨개질?

사이.

윤정혜   센닌바리(千人針)다. 그 가여운 앨 생각하면⋯

최승림   아, 그렇지 경진이⋯ 하긴 요즘 한창 유행이라더니.

윤정혜   넌 네 동생이 불쌍하지도 않아?

최승림   왜요, 저도 걱정해요.

윤정혜   그런데.

최승림   엄만 너무 유난이니까. 이제 그만할 때도 되지 않았
         어요.

사이.

최승림   이게 뭐예요, 붉은 실로 무운장구武運長久라고 넣어야지.

윤정혜   곧 그럴 작정이다.

최승림　그래도 너무 두껍네. (비웃으며) 그곳은 열대熱帶라구요.

윤정혜　내게 할 얘기가 있다면 빨리 해도 된다.

최승림　경진인 좋겠네, 따뜻해서.

윤정혜　엄만 피곤해.

최승림　피곤할 만도 하시겠죠. 내가 엄마였대도 피곤했겠지.

사이.

윤정혜　정원이 엉망이더라.

최승림　이제야 아셨어요? 그동안은 꿈에 취해 계시다 아버지 오신다니 눈이 번쩍 하세요?

윤정혜　교양 없어 보이는구나. 넌 배운 여자다.

최승림　교양 있는 여잔 뭐가 다르죠?

윤정혜　(머릴 짚으며) 그만 하자.

최승림　왜, 어디 아프세요?

윤정혜　숨 막혀. 무덤 같지. 누군갈 질식시킬 목적이 아니라면 이렇게 클 필요도 없어.

최승림　이런 집은 경성에도 없어요. 엄만 복에 겨워…

윤정혜　(자르며) 니가 이 집안에 만족 않는 게 뭐가 있겠니. 나만 빼고.

사이.

최승림　솔직히 말할게요. 저 마산에 갔었어요.

윤정혜	어딜 갔었다구?
최승림	마산요!
윤정혜	무슨 말을 하고 싶은 거니.
최승림	엄마 진짜 뻔뻔하군요. 다 봤어요. 마사오 상이랑 만나는 거.
윤정혜	우연히 만난 거다.
최승림	경성에 간다는 사람이 마산에서 우연히 마사오를 만나요? 전 다 봤어요. 모든 걸 다!
윤정혜	무슨 오핼 하는진 잘 알겠다만 — 우연히 만난 거다. 그 사람이 네게 관심이 있다고 해서.
최승림	유치해요 엄마. 자신의 간통을 감추려고 자기 딸을 팔아요?
윤정혜	승림아!
최승림	간통이라고요. 그럴 수 있어요? 남편은 밤낮으로 가족을 위해 사지를 헤매고, 아들은 전쟁터에 있는데 — 더러워!

사이.

윤정혜	난 니 아버지가 더럽다.
최승림	세상에 엄마… 지금 그딴 소리가 나와요.
윤정혜	그래 니가 듣고 싶은 게 뭐니.
최승림	진실요.
윤정혜	무슨 진실. 다 알고 있다면서 더 뭐가 필요해.

최승림　정말로 그 사람이랑 잤다고요. 정말요? 아니죠. 아니라고 말해줘요.

사이.

최승림　정말이라고? 그게 정말이라고요? 어떻게 그럴 수가 있어, 어떻게! 아버질 조금이라도 생각했다면 그럴 순 없지.

윤정혜　니 아버진 외아들을 죽음터로 보내버렸지.

최승림　의무니까.

윤정혜　의무? 어떤 의무, 누굴 위한 의무?

최승림　이제 와 왜 이러는 거야. 당연히 할 일을 했을 뿐이잖아. 가지 않았다면 틀림 없이 경진이도 후회했을 거라고.

윤정혜　경진인 잘난 니 아버지의 욕심으로 등 떠밀린 거야.

최승림　그래서 그 원망으로 바람까지 피고 다녔다고? 복수하는 심정으로. 기도 안 차지.

윤정혜　지금은 아냐.

최승림　…

윤정혜　지금은 사랑이거든.

최승림　엄마… 엄마 정신 차려요.

윤정혜　그래 엄만 그 사람하고 사랑에 빠졌어. 아주 푹 빠져버렸지. 없인 단 하루도 못 살 것 같애.

최승림　제발요.

윤정혜 들어! 우린 사랑해. 미치도록 사랑하지. 왜 이제야 나 타났나 원망스러울 정도로, 뜨겁게. 그 사람 없인 살 수 없을 것만 같지. 살 수 없지! 가슴이 다 타버릴 것 만 같지.

최승림 닥쳐요. 닥쳐. 닥치라고요.

윤정혜 질투하니? 니가 좋아하던 마사오 상을 가로챈 거 같아 서?

최승림 엄마… 엄만 지금 제정신이 아니에요.

윤정혜 그럼, 그 사람은 뜨거운 사람이니까. 차가운 피가 흐르 는 이 집안 인간들 하곤 다르니까.

최승림 듣고 싶지 않다고요!

최승림, 탁상 위의 병을 들어 내리친다.
손에 상처.

최승림 … 난 이제 겨우 스물이야

윤정혜, 놀라 지혈을 해준다.
잠시 손을 맡기다 번득 정신이 들어 밀쳐내는, 최승림.

윤정혜 어떡할 셈이니.

최승림 …

윤정혜 어째도 좋아. 난 이혼할 테니까.

최승림 …

윤정혜 살 수 없지. 그래 이렇게 어떻게 사니.

최승림 그럴 순 없어요.

사이.

윤정혜 어쩔 수 없지.

최승림 용서할게요.

윤정혜 네가 날 용서한다고? 네가 왜?

최승림 죽여 버릴 거예요, 그 사람.

윤정혜 뭐?

최승림 아버지가 아신다면. 왜, 오손도손 잘 살라고 축복이라
도 해줄 거라 생각했어요?

윤정혜 맘대로 하라고 하렴. 우린 도망갈 테니.

최승림 엄만 무릎 위에서 돌을 달고 수장된 시체 하날 보게 되
겠죠.

윤정혜 (뺨을 때린다) 독사 같은 년. (절망하며) 난 니 엄마야!

최승림 그러니 당장 관계 끊어요. 엄만 최인석의 아내 윤정혜
인 거야. 뭐가 부족해요. 도대체 뭐가 아쉬워. 엄만 복
에 겨워 허우적대는 유한마담 같아. 불륜인지 사랑인지
도 구분 못하는… 끊어요. 그동안의 일은 없던 걸로 할
게요. 다시 정숙한 아내가 되는 거예요, 다시.

윤정혜 차라리 죽어 달라지 그러냐.

최승림 살려야죠. 사랑한다면서요.

최승림, 퇴장한다.

윤정혜, 그 모습을 한참 바라보다 약봉지를 꺼낸다.

꼬냑 병 속에 타려다 망설인다.

멀리 예포소리 — 놀라 약봉지를 감추는.

3

저택의 정면으로 붉은색 양탄자가 깔려 있다.

최인석은 깔린 양탄자가 신경이 거슬리는지 잠시 윤정혜를 못마땅하게 쳐다본다.

하지만 잠시, 처마 밑에 걸린 아마데라스 오미카미 영부를 향해 참배한다.

이상의 움직임들은 매우 조용하고, 느리며 절제되어 있다.

마치 죽음을 찬미하는 어떤 사교(邪教)의 종교적 의식을 보는 듯도 하고, 신사참배의 모습처럼 보이기도 한다.

참을 수 없을 정도의 정적을 수반한 지루한 儀式.

최승림　　무사히 다녀오셔서 다행이에요 아빠.

윤정혜　　군이 만찬을 취소할 필요가 있었어요? 경찰서장이니 헌병대장이니 하루 종일 당신만을 기다렸다는데.

최인석　　전선에선 목숨을 건 전쟁이라고.

최승림　　엄만 꼭 그렇게 요란을 떨어야 속이 시원하겠어?

윤정혜　　시장하시겠다. 뭣해 저녁 준비들 않고. 당신 좋아하는 홍어도 준비해 뒀어요.

최인석　　역시 당신밖에 없지.

하인들 급히 퇴장.

최인석 그런데 이건 뭐요?

윤정혜 왜 이 붉은 카펫이 마음에 안 드세요.

최인석 지금은 전시 중이라고. 구니아키 총독각하 부임 때도 이 정돈 아니었어.

최승림 뭐랬어요. 아빤 이런 사친 딱 질색이라 그랬잖아.

최인석 사람들이 속으로 욕하지 않았나 모르겠다.

윤정혜 오늘은 잔칫날이에요. 그렇게 고대하던 작위를 받았잖아요. 전 당신 생각해서… 부녀가 절 무시하기로 작정했어요?

최승림 무슨 작정을 해요? 다른 사람들 이목 때문에 그러는 건데.

윤정혜 넌 남들 평판엔 지독하게 민감하더구나.

최인석 됐어, 됐어…

윤정혜 경진이 소식은요? 전쟁이 치열하다던데.

최인석 좀 기다려봅시다. 연합군 놈들 남양군도에서 손 뗄 날도 얼마 남지 않았으니까.

윤정혜 남 얘기하듯 하세요. 당신 외아들이에요.

최승림 아빤 피곤해요!

윤정혜 그만 불러 들여요. 소원하시던 작위도 받았잖아요.

최인석 작월 받자마자 불러들이면 사람들이 뭐라겠어?

윤정혜 그럼 남들 이목 때문에 자식을 죽일 작정이세요.

최인석 누가 경진일 죽인다고.

최승림 왜 이래 엄마? 지금 경진인 숭고한 임무 중이라고.

윤정혜 부부끼리 얘기 중이다. 엄만 경진이 목숨이 그 무엇보다 숭고하고!

최승림 그렇겠죠. 단 하나만 빼고.

지서방, 소녀를 데리고 들어온다.
흰색 저고리의 검정치마차림의 카산드라(소녀, 巫堂)가 망설
이며 뒤따른다.
그녀는 갓 열여섯이 됐을까… 갓 망울진 가슴의 창백한 얼굴
이다. 하지만 고운 얼굴.
*극 속에서 이 소녀는 이피게니아이며 카산드라며 천영옥이
며 또한 당시 조선의 여러 여성들의 복합이다.

지서방 어르신… 데리고 왔습니다.

윤정혜 누구죠.

최인석 지서방 안채 하나 내주게….

윤정혜 누구냐고요.

최인석 북간도에 강연 갔다 측은해서

윤정혜 그래서요?

최인석 같이 살 거요.

윤정혜 …

최인석 불쌍한 애요. 부모도 잃고…

윤정혜 아무렴 그렇겠죠. 왜 나이 어린 기생이라도 되나 보죠.

최인석 그렇지 않아. 신딸로 있던 앤데 어떻게 하다 보니 그렇
게 됐소.

윤정혜 왜 푸닥거리 할 거라도 있어요. 무당은 뭐하게요.

최인석 피곤하오. (퇴장하며)

윤정혜 하하 이것도 남들 이목 생각해서 하는 짓인가 보죠.

윤정혜 더러워.

최승림 엄마.

윤정혜 이 꼴을 보고도 넌 네 아버지 편이지.

소녀 붉은 양탄자를 보며 두려움에 떠는.

4

— 저택의 노천탕, 나무로 만든 이동식 원형 욕조 속의 최
인석.
수건을 가지고 들어오는 소녀.

최인석　… 빤히 서 있어?

머뭇거리며 옷을 벗고 욕조 안으로 들어가는 소녀, 등을 밀어
준다.
김이 피어올라 그들의 모습은 실루엣처럼 불분명하다.

— 정글, 투표소처럼 보이는 몇 개의 천막이 쳐진다.
그 앞에 차례를 기다리는 일본군들과 넋이 빠진 최경진.

확성기　우리 천황 폐하께서 너희들의 노고를 위로하여 특별히
위안부를 보내주셨다. 장소는 임시 합숙소. 지금부터
몸과 마음을 달래도록, 이상!

바지춤을 치켜 올리며 나오는 일본군1, 최경진의 어깨 두드
리며.

일본군 마쓰무라, 네 차례야.

최경진 (놀라) 하이, 마쓰무라!

일본군 이 새끼 왜 이래.

최경진 내 차례?

일본군 새끼 진짜 정신없네. 어서 들어가.

최경진 난 안 들어가면 안 될까.

일본군 시간 없어 새꺄. 죽여. 조선 도라지꽃 제대로라구.

최경진 조선 도라지꽃?

일본군 조센삐 아다라시 이찌방! 정글 가면 언제 죽을지 몰라요. 억울해서라도 한번 더해야지.

최경진 …

일본군 군표 아껴 부자 되게? 전쟁 지면 휴지조각입니다. 봐, 조선 도라지꽃. 조센삐 아다라시 이찌방!

천막 안에서 여자를 끄집어낸다.
16세 전후의 앳된 소녀 — 카산드라다.
비쩍 마른 벌거벗은 몸에 창백한 얼굴, 한 손엔 군표가 꼭 쥐어져 있다.

일본군 초경도 안한 게 분명해. 풀뿌리만 캐먹다 잡혀왔는지 비쩍 마르긴 했지만, 죽여. (킬킬거리며) 미나미 중위 그 자식 횡재한 거지. 난 애 하나 골로 보내는 줄 알았다니까. 다스께데 구다사이— 살려 주세요 악을 쓰는데… 그 소리 들으니까 미치겠데… 속으로 그랬지. 야, 미나

31

미 씨발놈아 빨리 나와라. 좋은 말할 때 어서. 계급만 아니면 넌 대가리에 총알 수십 발이다. 표정이 왜 그래 마쓰무라? 와, 이년 군표 쥔 것 좀 보게. 아주 돈독이 제대로 올랐구만. 마쓰무라 어서. 그딴 휴지조각 이 조센삐한테 확 줘 버리라구.

최경진, 신음하듯 비명을 지른다.

일본군   이 새끼 왜 이래 이거?

최경진, 소녀의 손에 군표를 쥐어주고 뛰어나간다.

일본군   마쓰무라! 야, 마쓰무라 지로!

— 저택 밖 노천탕.
윤정혜, 쟁반에 꼬냑을 받쳐 들고 들어온다.

최인석   당신이야… (소녀에게) 거실에서 옷 좀 가져 와.

소녀, 퇴장한다.

윤정혜   (자제하며) 한 잔 해요. 노독 푸는 덴 그만이라던데…
최인석   (의외라는 듯)
윤정혜   왜요, 질투라도 하길 바랬어요? 일본에선 흥도 아닌 걸요.

최인석 뭐야, 그게?

윤정혜 꼬냑요. 필호 씨가 가지고 왔어요. 왜 있잖아요. 총력연
맹 구웅렬 씨 자제.

최인석 소금장수, 떼돈 번? 돈이 좋군. 그 미천한 출신이 총력
연맹 이사라니. (반쯤 마시다가) 맛이 왜 이래?

윤정혜 왜, 이상해요? 꼬냑이 원래 좀 독하잖아요.

최인석 그런가? (마저 마신다, 얼굴을 찌푸린다) 정말 너무 독하군.

윤정혜 그냥 정종이나 한 잔 데울 걸 그랬나 봐요.

최인석 아냐, 한 잔 더 줘. 양키 놈들이랑 전쟁 중인데 이 정돈
마실 줄 알아야지.

윤정혜 무슨 소리에요? (술을 따라준다)

최인석 사실 술은 일본이 약해. 꼬냑 봐. 알고 보면 이놈들이
이렇게 독종들인데. 이기려면 마셔야지.

윤정혜 이상한 논리군요.

최인석 정연한 논리지… (가슴을 짚는다)

윤정혜 왜… 요?

최인석 아니. 그냥. 가슴이 조금 뜨끔하군…

윤정혜 정말 안 좋아 보이네요. 많이 아파요?

최인석 음… 조금. 아니, 참을 만해… 아냐. 정말 이상하군. (욕
조에서 몸을 일으켜 세우려 한다)

윤정혜 왜, 나오시려구요?

최인석 심장이 쩌릿쩌릿한 게… 손 좀… (몸이 말을 안 듣는지 쉽
게 나오지 못한다)

윤정혜	전에 한 가지 물어볼 게 있어요. 왜 당신은 어린 여자들만 탐내는 거죠?
최인석	무슨 소리야…
윤정혜	또 왜 욕조에서만 관계하고
최인석	시끄러… 손이나 줘. 어서…
윤정혜	왜, 우물가에서 목욕하던 그 계집종 때문인가요.
최인석	무, 무슨 소리지…
윤정혜	왜요… 당신이 매일 훔쳐보던 계집종요. 돌아가신 아버님 소실이라 차마 어떡하지 못하던.
최인석	누가 그 따위 소릴… (가슴을 고통스럽게 만진다)
윤정혜	왜, 고통스러워요? 저라도 그럴 거예요. 그럼요 고통스럽죠.
최인석	그, 그만해.

천태경이 들어온다.

윤정혜	고통스러워요? 이제 그 고통을 끝내 드리죠.
천태경	반갑습니다.

지서방 잠이 덜 깬 얼굴로 들어오다 놀라 숨는다. 그 모습을 훔쳐본다.

최인석	…
천태경	혹시 우물가의 계집종을 기억하십니까.

최인석   누구라고.

천태경   왜, 윤참판네 어린 계집종. 전 천영옥의 아들입니다.

윤정혜   지금은 나의 사랑스런 애인이고… (안으며)

천태경   목이 타시지요. 당신이 먹은 꼬냑 속에 약을 좀 넣었거
든요.

최인석   … 더, 더러운 것들

윤정혜   당신만 할까. 너무 원망치 마세요. 사랑이 자기 맘대로
되는 게 아니잖아요. 사랑에 빠지고 보니 그런 과거가
있었을 뿐. 하지만 어째. 난 이미 미치도록 사랑하는
걸. 없인 하루도 못 살게 사랑하는걸!

최인석   닥, 닥쳐… 죽, 죽여 버리겠어…

천태경   (목에 올가미를 건다)

윤정혜   왜, 죽을 것 같아. 심장이 찢어질 듯하지. 나도 그랬으
니까. 너 하나의 출세를 위해 사지로 몰아넣을 수 있지.
외아들을. 더러워 미칠 것 같지!

최인석, 허공에 팔을 몇 번 버둥거리다 조용해진다.

소녀   (들어와 얕은 비명)

윤정혜, 소녀에게 다가간다. 두려움에 물러서지 못하는.

5

상복을 입고 우두커니 앉아 있는 최승림.

지서방   장례도 끝났고 그만 기운 차리세요, 아가씨.
최승림   …
지서방   장지가 볕이 포근하니 좋습디다.
최승림   엄마는.
지서방   마님은 누워계십니다. 상심이 크실 테니.
최승림   하긴 힘들었겠지. 거짓 눈물을 흘리느라.
지서방   예?

사이.

바람소리.

지서방   제가 원체 눈치가 없어서… 헤헤, 그러니까 그게 무
              슨….
최승림   정말 그 아이가 아버질 죽이고 목매달았다고 생각해.
지서방   무슨 말씀인지?

사이.

최승림 문상객들 가자마자 기다렸단 듯 곡소리가 끊기더군.

지서방 곡이란 그렇지 않겠습니까.

최승림 사람을 죽여 놓고 그 정도밖에 못해. 연길 할 거면 끝까지 해야지.

지서방 아씨!

최승림 뭘 그렇게 놀라는 척하지? 할아범마저 날 바보 취급하나.

지서방 그러니까 아가씨 심정은 충분히…

최승림 내 심정 충분히 알았으면 솔직하게 말하게.

지서방 제가 솔직하고 자시고 할 게 있겠습니까, 헤헤.

최승림 마사오 상에 대해 어떻게 생각해?

지서방 누굴 말씀입니까?

최승림 할아범!

지서방 아, 그 항해사. 보기 드문 겸손한 일본인이죠. 티도 안 내고.

최승림 의뭉 떨지 마. 할아범은 알지.

지서방 제가 뭘 안다고 자꾸…

최승림 그날 밤 할아범의 표정을 잊을 수 없어.

지서방 그건 너무나 참혹한 일이 벌어져서.

최승림 할아범!

지서방 … 이 늙은일 닦달해서 뭘 얻겠다고

최승림 그날 밤 수상한 일이 있었다더군. 낯선 남자가 들어왔다든가. 할아범이 낌샐 채고 따라갔고. 길례한테 들었네.

지서방　　그건

최승림　　자네는 뭔갈 봤어.

지서방　　이미 지난 일입니다. 세상엔 차라리 모르는 것만 못한
　　　　　　일도 있습니다. 부탁입니다

최승림　　난 진실을 원해.

지서방　　그 다음엔 어떡하시려고요. 진실을 알고 난 다음엔.

최승림　　…

지서방　　어떤 진실은 때로 대가가 따릅지요,

최승림　　… 말하게.

일단의 일본군들과 최경진 조심스럽게 정글을 수색한다.

일본군1　　스기하라, 저기 뭔가 있다.

일본군2　　탄약상잔가? 뭐라고 적힌 거야. 죄 알파벳이네. 마쓰무
　　　　　　라, 가봐.

최경진 마지못해 앞으로 전진하다 뒤로 물러선다.

일본군1　　저 고문관 새끼. 몰핀 주사 놨어 안 놨어?

일본군2　　한두 방 갖곤 이젠 약발도 안 서요, 저 새끼.

일본군1　　야, 스기하라 니가 가.

일본군2　　제가요? 에이 씨.

일본군2 가려다 돌아온다.

일본군2 미나미 중위님 어째 꺼림칙합니다. 혹시 부비트랩 아닐까요?

일본군1 부비트랩? (잠시 고민한다) 마쓰무라, 위안소 22번 불러오라.

최경진 네?

일본군2 이 새끼야 22번 위안부 불러오라고.

최경진 하이! (퇴장)

일본군2 중위님 22번은 왜?

일본군1, 사타구니를 긁으며.

일본군1 그년 때문에 아주 가려워 죽겠어.

일본군2 고생이십니다. 하긴 밑창이 완전 나갔더라니.

일본군1 게다가 임신까지 했지. 버릴 때도 됐어.

최경진, 소녀의 손목을 잡고 들어온다.
소녀는 여전히 군표를 꼭 쥐고 있다.

일본군1 22번 곳지고이!

일본군2 이리 오라고, 이년아.

소녀, 머뭇거리며 다가간다.
일본군1 소녀에게 명령한다.

일본군1　22번 저쪽으로 간다. 가서 상자 속을 확인한다, 실시!

일본군2　이년아 뭘 모른 척 해? 열어보라고, 상자.

일본군1　저거 손에 쥔 건 뭐야?

일본군2　이 미친년 진짜 독하네. (웃으며) 군표 여기까지 쥐고 나왔습니다. 그래 저승 갈 차비해라. 가 — 어서.

소녀, 가지 않고 몸을 떤다.

일본군2　버팅기네. 가, 이년아.

일본군1　마쓰무라, 군표 남은 거 있지? 줘 봐.

최경진　하이.

일본군1, 군표를 소녀 손에 집어준다.

일본군1　인심 쓰는 거야. 저거 한 번에 이 정도면. 걱정할 것 없어. 가봐.

일본군2　자꾸 버티면 갈겨 버린다, 너.

소녀, 자꾸만 뒤돌아보며 천천히 앞으로 나간다.

일본군2　(웃는다) 양키 소시지나 초콜릿이면 너 다 가져도 좋아.

최경진, 그 모습을 보며 안절부절못한다.

일본군1 이 새낀 또 왜 이래? 아, 고문관 하나 때문에 진짜 미치 겠군.

일본군2 지겹다, 빨리 열어! 속에 다 초콜릿이야. 미제 초콜릿.

소녀, 상자 앞에서 절박하게 뒤돌아보며 띄엄띄엄 외친다.

소녀1 다 — 스 — 께 — 데 — 구 — 다 — 사 — 이 — !

일본군1 저년 살려 달라네. 누가 죽인대? 빨리 열어!

일본군2 (폭발을 미리 예감하듯 귀를 막고) 셋 셀 동안 열지 않으면 정말 죽여버릴 거야. 이찌, 니, 산…

소녀, 상자 문을 연다. 엄청난 폭발음 — 잠시 어둠.

지서방 … 그날 제 눈이 본 진실은 이것입니다.

최승림 … 그래, 그랬군. 그랬었군.

지서방 … 지서에 신고할 작정이십니까.

최승림 … 우리 집안은.

지서방 …

최승림 … 아니. 아니지. 경진일 불러야겠어. 우리 일인데 우리 가 해야지.

다시 무대 밝히면
넋이 완전히 나간 듯 창백히 더듬거리는 최경진
그의 두 손엔 군표가 꼭 쥐어진 소녀의 팔 한쪽이 들려 있다.

최경진   다스께데 구다사이… 다스께데 구다사이… 다스께데 구다사이…

확성기   마쓰무라 지로 특별호출이다. 특별호출이다 마쓰무라 지로.

최경진   하이 마쓰무라 지로. 대일본 육군 일등병 마쓰무라 지로. 아, 아… 마쓰무라 지로… 대일본 육군 일등병 마쓰무라 지로—!

6

— 야적장, 최경진 몸을 몹시 떨고 있다.

최경진   … 추워. 왜 이리 안 오는 거야. 오자마자 항구에 처박아 놓고 뭐하는 짓이야. 집부터 데려다 달라고, 씨발. 누나, 누나…

최승림, 주월 두리번거리며 들어온다.

최경진   누나?

최승림   쉿. 그래 나야.

최경진   어디 갔다 오는 거야. 무서워 죽을 뻔했잖아!

최승림   조용해. 제발…

최경진   씨발, 춥기도 좆나게 춥구만. (기침) 감기 걸렸잖아.

최승림   어쩌다 이렇게 변한 거야. 내가 널 얼마나 애타게 기다렸는데… 천박한 말투 하며, 겁에 질린 모습이며… 그 총명하던 내 동생이 왜 이 모양이 된 거냐고!

최경진   웃기지 마. 집에나 데려다 줘, 어서. 씨발, 진짜 춥지.

사이.

최승림 잊은 거야, 응? 지금 우리에게 무슨 일이 벌어졌는지.

최경진 알아. 나도 안다고. 아버지가 죽었다며.

최승림 아무렇지도 않아? 그런데 아무렇지도 않다고.

최경진 나보고 어떡하라고? 벌써 한 달이나 지났잖아. 다들 죽어. 도처에 죽음이라고.

최승림 널 전쟁터에 보냈다 이러는 거야? 다 널 위한 거였어.

최경진 (사이) 그래 좋다고. 다 날 위한 거였다고 치자고. 어서 집에나 데려다 줘.

최승림 누가 뭐래도 넌 조국을 위해 고귀한 일을 했어.

최경진 조국? 집어쳐. 집에 가서 엄마나 봐야겠어.

최승림 그렇게 애타게 그리워 할 것 없어. 찾아가지 않아도 올 테니까.

최경진 엄마가 뭐 하러 여길 와?

최승림 곧 알게 될 거야. 그렇게 죽어 못사는 니 엄마가 무슨 짓을 했는지.

최경진 자꾸 니 엄마, 니 엄마 해! 누난 엄마 자식 아니냐고.

최승림 지금부터 하는 얘기 잘 들어. 아빤 그냥 돌아가신 게 아냐. 비참하고 억울하게 살해됐어.

최경진 … 아버지가 뭐가 어떻게 됐다고?

최승림 살해 됐다고.

최경진 누구한테.

최승림 네 엄마와 짠 정부에게.

사이.

바람 소리.

최승림　엄만 간통을 했지. 그것도 새파랗게 젊은 놈이랑. 너보
　　　　다 겨우 몇 살 많을까 말까 하는.

최경진　거짓말. 엄만 그럴 리 없어. 내게 꼬박꼬박 편지도 써
　　　　주고

최승림　사실이야.

최경진　아니라고! 그래, 맞아. 누나지? 누난 항상 엄말 미워했
　　　　으니까. 엄마가 나만 좋아한다고 미워했지. 누난 아버
　　　　지밖에 없었지. 그런 중에 아버지가 돌아가시니까 누난
　　　　정신이 나가버린 거야. 엄마가 아버질 죽였다고 피해의
　　　　식에 사로잡힌 거지. 한 마디로 과대망상이라고.

최승림　믿고 싶지 않다는 건 알아. 하지만 사실이야.

최경진　무슨 근거로. 누나의 피해의식에 절어 있는 심정?

최승림　내 눈이 봤으니까. 간통도 살해도.

최경진　살해 현장을 봤다고?

최승림　(고개를 젓는다)

최경진　거 봐.

최승림　하지만 할아범이 봤지. 지서방이.

최경진　… 지서방이 직접 말했다고. 정말로.

최승림　(끄덕인다) 지서방은 거짓말을 하지 않아.

사이.

최경진   추워. 더럽게 춥네, 씨발. 뭐가 이렇게 추운 거야. 미얀
마가 낫겠다. 모기가 낫겠다. 차라리 정글의 거머리가
낫겠다.

최승림   정신 차려.

최경진   놔. 나보고 어떻게 하라고.

최승림   대가는 치러야지.

최승림, 권총을 내민다.

최승림   네가 하는 거야. 이 집안의 유일한 남자고, 이제 가장이
니까.

최경진   치, 치워… 총이라면 꼴도 보기 싫어.

최승림   전쟁터에 다녀온 거 맞아?

최경진   제발 그만해, 그 이야긴! 날 미치게 하고 싶지 않으면.

최승림   아버질 살해한 인간을 알고도 가만히 있을 작정이야!

최경진   그래서 엄말 죽이자고?

사이.

최승림   … (고개를 젓는다) 아니, 아니지. 어리석은 엄마가 무슨
잘못이 있겠니. 그저 눈이 멀었을 뿐인데. 넌 그 자식을
죽이는 거야. (권총을 쥐어준다)

최경진   …

최승림   그 자식에게 눈멀어 너도 나도 안중에도 없지. 다시 찾

아오는 거야. 다시 우리에게. 그래, 그러면 돼. 그래야
해. 이리 와.

소리.
최승림, 최경진을 데리고 숨는다.

사이.

여행용 트렁크 가방을 든 윤정혜와 천태경 등장한다.

윤정혜   무슨 소리 나지 않았어?
천태경   무슨 소리? 도둑고양이라도 되겠죠.
윤정혜   쉿 —

바람소리 —

윤정혜   요즘 내가 이래. 안아 줘.

두 사람 깊이 포옹한다.

윤정혜   부검을 하는가 싶어 노심초사했어.
천태경   누가 그럴 수 있겠어요.
윤정혜   승림이. 미치겠어, 증거도 없이 의심만 가지고 이곳저
           곳 들쑤석거리고 다니니. 두려워…

천태경   걱정 마요. 아직 애일 뿐이잖아.

윤정혜   (고개를 젓는다) 도리어 그게 겁나. 애도 아니고 어른도 아니고. 고집불통에 자존심만. 더 있단 무슨 일을 저질러도 단단히 내고 말 거야. 난 그 애를 알지. 지 아버지를 꼭 닮아서… 소름 끼쳐.

천태경   무슨 상관이겠어요. 이제 끝인데. 뭐라고 했어요.

윤정혜   친정에 가 있겠다고 했어. 아마 지금쯤 경성에 있는 줄 알겠지. 몇 시지?

천태경   곧 배가 닿을 거예요. 자정에 온다고 했으니.

윤정혜   한시라도 빨리 떠나고 싶어. 이곳은 지긋지긋해.

천태경   가방이 정말 무겁군.

윤정혜   금궤니까. 이런 전쟁 통에 현금이 무슨 소용이겠어.

천태경   (가방을 열어본다) 이게 다 금이라니… 믿어지지가 않아.

사이.

윤정혜   나 정말 사랑해.

천태경   …

윤정혜   나보다 더 황금을 사랑하는 것 같아서.

천태경   당신보다 더 사랑하는 건 없어.

윤정혜   안아 줘.

천태경   (안아 준다)

윤정혜   어디로 가지? 싱가폴, 대만, 홍콩 어디랄 것도 없이 다 전쟁이잖아!

천태경　일단 상해로 갈 거야. 그 다음은 그때 생각해요.

윤정혜　유럽은? 그곳도 전쟁이지. 호주는 어때? 중립국이잖아.

천태경　그곳도 전쟁이야. 연합군에 가담했으니까.

윤정혜　온통 전쟁! 전쟁이라면 진저리가 쳐져. 뉴질랜드나 남미는? 전쟁이 없는 곳이어야 해. 어디라도 상관없으니까.

천태경　그래요. 그래줄게. (사이) 왜 또 그래요.

윤정혜　내 아들. 그 아이는 어쩌지. 내가 이래도 되는 걸까. 정말 이래도 되는 거야.

천태경　마음이 흔들리는 거야?

윤정혜　아니. 그렇지 않아. 절대. 남편이 죽어 가는 걸 보며 난 미칠 것만 같았지. 그건 희열이었어. 당신의 억센 손아귀에 그 인간의 숨통이 조여질 때, 난.

천태경　쉿!

윤정혜　왜 그래.

천태경, 동태를 살피러 걸어 나온다.
삽자루로 천태경의 머리를 내리치는 최승림.
천태경 쓰러진다.

윤정혜　(짧은 비명)

최승림　잘도 행복하실 줄 알았어요?

윤정혜　승림아… 네가 어떻게

최승림　많이도 놀라신 모양이죠. 하지만 더 남았어요. 경진아.

최경진, 천천히 걸어 나온다.

최경진 … 엄마.

사이.

윤정혜 … 경진아.

최경진 …

윤정혜 네가 정말 경진이니.

최경진 … 예.

윤정혜 네가 어떻게

최승림 제가 불렀으니까요.

윤정혜 무슨 일을 꾸미는 거니. 그 총은 뭐고.

최승림 뭔갈 꾸민 쪽은 엄마 같은 걸요. (경진에게) 너도 이제 진실을 알겠지.

최경진 … 엄마.

윤정혜 경진아 네가 보고 싶었단다. 내가 얼마나 보고 싶었는지.

최승림 (다시 권총을 경진에게 들려준다) 저 자가 마사오야. 아버질 죽인 살인자.

최경진 총을 마사오에게 겨눈다.

윤정혜 경진아 그 총 내려놔.

최승림　누굴 두둔하는 거지. 이 살인잘? 경진아 뭐해, 망설일 필요도 없지.

윤정혜　안 돼. 안 된다.

최승림　저 꼴을 봐. 완전히 미쳤지. 뭐해 어서 쏴 버리지 않고.

윤정혜　이 사람을 죽여선 안 돼. 넌 내가 알아. 넌 작은 벌레 하나 못 죽였지.

최승림　아버질 죽인 살인자는 다르지.

윤정혜　이 사람은 죄 없어. 다 내가 시킨 거야. 그러니까 경진아.

최경진　엄마 아니죠. 아니라고만 말해줘요. 그게 아니라고…

윤정혜　…

최승림　바보처럼 굴 거야. 뭘 망설이는 거냐고.

최경진　우리한테 와요. 저 자식이 아니라 우리에게. 지금이라도. 엄마는 아무 잘못 없어요. 나머진 우리가 해결할 게요. 꼭 죽일 필요도 없죠. 법에 맡겨 버리면 되니까.

윤정혜　그럴 순 없어. 그건 죽이는 거나 마찬가지잖아. 저 사람이 죽으면 나도 죽는 거야.

최승림　아버지가 통곡하시겠군.

윤정혜　경진아 난 네 아버질 미워하지 않았어. 하지만 변했지. 사지로 널 밀어 넣는 걸 보고 난 다음에. 끝나 버렸어. 그 사람에게 도대체 뭐가 있니. 자기 자신의 출세와 권력밖에.

최승림　그딴 게 살인을 정당화 시키는 이유가 된다고 생각해.

윤정혜　하루도 눈물 없이 살 순 없었지. 그때 저 남자를 만났

다. (천태경에게 다가 간다) 널 닮은 이 사람을. 이상하지 않니. 너와 이렇게 꼭 닮았으니.

최승림 무슨 소리야.

윤정혜 네가 모든 걸 안다고 생각하지 마. 이 사람 이름은 마사오가 아냐. 천태경이지. 어쩌면 지서방은 알겠지.

최승림 더 이상 다가서면 쏠 거야.

윤정혜 경진인 너와 달라. 난 저 아일 알지. 그렇지 경진아.

윤정혜, 신음하는 천태경을 어루만진다.

윤정혜 불쌍하지… 가여운 사람

최승림 저 꼴을 봐. 아버질 죽인 간부한테 눈물짓는 저 꼴을. 어서 쏴. 저 자식만 없으면 다시 예전이 될 거야.

최경진 … 물러서요, 엄마. 그 사람에게

윤정혜 그럴 순 없어.

최승림 저 자식이 아버질 죽였다고, 어서 쏴.

윤정혜 경진인 쏘지 않아. 너와 다르니까

최경진 물러서요 엄마. (겨눔쇠를 당긴다)

윤정혜 아니, 넌 쏘지 않아. (경진이에게 다가간다) 넌 날 사랑하니까. 이 엄마도 널 사랑한단다. 그렇지. 네가 날 사랑한다면 날 보내다오. 이 사람과 날. 그 무서운 걸랑 치우고.

총을 잡으려 한다.

천태경을 향해 총을 쏜다.

최경진　(총을 떨어뜨린다) 내가, 내가 뭘 한 거지.

윤정혜　(천태경의 죽음을 확인하고 천천히 경진에게 다가간다)

최경진　엄마… 보고 싶었어요. 이제 전쟁은 끝났어요. 더 이상
　　　　　전쟁은 없어요. 그래요 모든 게 끝났죠. 전 다시 착한
　　　　　엄마의 아들이 되고…

윤정혜　(경진이 앞에 다가와 선다)

최경진　(안기려 하며) 그래요 엄마…

윤정혜　(힘껏 뺨을 올려 부친다)

사이.

권총을 주워들고 마치 유령처럼 걸어 나간다.
최승림, 윤정혜를 막아선다.

최승림　어딜 가! 총 줘요, 어서…

윤정혜, 최승림을 거칠게 밀치고 걸어나간다.

최승림　도대체 뭘 하려는 거야. 무슨 생각인 거냐고. 용서할 게
　　　　　요. 그래요, 용서한다고요. 우린 이제 잊을 수 있어요.
　　　　　엄마도 그냥 악몽이었다고 생각하면 돼. 아무 일도 없
　　　　　었던 것처럼. 우린 엄마 탓을 하려는 게 아니었어.

무대 밖에서 총소리 —

뛰어나가는 최경진.

최승림   … 이게 아닌데. 아직 우린 애라고.

최경진, 하늘을 향해 총을 쏘며 들어온다.

최경진   마쓰무라 지로 돌격하라. 前進 마쓰무라 지로! 세상은
전쟁터다. 죽음을 두려워 말라 마쓰무라. 돌격, 마쓰무
라 지로.

권총의 겨늠쇠 소리만 허공에.

최승림   조용히 해. 정신 차리라고. 엄마 죽음이 더러운 치정극
으로 끝나야 속이 시원하겠어. 닥쳐. 닥치라고. (경진의
뺨을 때린다)

최경진   …

최승림   돌이킬 수 없어. 시체부터 치우자. 우리 집안은 경멸에
익숙하지 않잖아.

7

1년 後 —
끊어질 듯 끊어질 듯 노래
지서방이 부르는 구슬픈 가락이다

월편(月便)에 나붓기는 갈댓잎 가지는
애타는 내 가슴을 불러야 보건만
이 몸이 건너면 월강죄란다

기러기 갈 때마다 일러야 보내며
꿈길에 그대와는 늘 같이 다녀도
이 몸이 건너면 월강죄란다
〈越江曲〉

길례   맵소, 고만 불러. 조선팔도 팔자 중에 홀애비 지서방 최고구만 가락은 그러요이? (코를 팽하니 풀며) 죽은 울 아들놈 생각날락 허네.

지서방   자네가 내 팔잘 알어?

길례   내가 알지 그럼 누가 아우?

지서방   허허, 맨 날 다 안다네. 나도 한땐 만주 가서 一家 이룰 꿈쯤 있었다고.

길례	종살이 지서방이? 언제 연분이라도 있었수?
지서방	내 세월이라고 새빨간 동백 한 송이 없었구로.
길례	첨 듣네. 체신을 볼작시면 연분은 고사하고 허랑맹탕 제대론데.

지서방, 은근슬쩍 막걸리를 털어 넣는다.

지서방	한 곡조 더 할까?
길례	왜, 가심 속 동백꽃이 다시 잘 익은 숯불만 허요?
지서방	꽃 다 지고 잎 다졌소. 올이 나가 몇인데. 자. 한 곡조 더 한다. 에에 —

방 안에서 절규하는 소리.

길례	아이구, 우리 도련님 또 시작했네. 어떻게 좀 해봐야 안 되겠소.
지서방	시간이 약이제. 좀 지나면 도로 말짱해지니께.
길례	도련님이 안됐다요. 허긴 그 전쟁 통 다 겪고 줄초상을 치렀응게.
지서방	발세 1년 가차이 됐구만.

지서방, 먼데 산을 바라본다.

길례	그나저나 영애(令愛)님은 요번엔 또 어델 가셨을꼬?

지서방   허허, 자네가 영애도 알어?

길례   왜 이러요. 대갓집 딸자식들을 영애라고 하지.

지서방   부엌데기 주제에 주워들은 건 많아가지곤… 애국금차
         회 강연 갔다등만.

길례   참말로 여장부여. 돌아가신 주인님 쏙 빼닮았지.

확성기   먼저 황국신민의 서사 제창이 있겠습니다.
         하나, 우리는 황국신민이다. 충성으로써 군국에 보답
         한다.
         하나, 우리 황국신민은 서로 친애 협력하고 단결을 굳
         게 한다.
         하나, 우리 황국신민은 인고 단련, 힘을 길러 황도를 선
         양한다.

사회자   첫 번째 연설자로 전 중추원 참의 마쓰무라 헤이치의
         외동녀 마쓰무라 하나에 양의 강연이 있겠습니다.

         박수 소리 ―
         연단에 선 최승림은 한 점 흐트러짐 없이 차갑고 단단하게
         연설한다.

최승림   저는 지난 일주일간 애국금차회 간사 자격으로 싱가폴
         을 다녀왔습니다. 그때 영미제국주의자 남정네들의 희
         롱을 피해 대일본영사관으로 피신을 해야 한 적이 있습
         니다. 그때 저는 참을 수 없어 눈물을 흘리고 말았습니
         다. 저는 일부러 울려고 생각지 않았으며 또 울지 않겠

다고 노력하지도 않았습니다. 제가 찬연한 국화의 어문장에 절하는 순간 눈물이 나오고 만 것입니다. 이때만큼 저 자신이 진실한 일본인이라고 강하게 느낀 적은 없습니다. 그렇습니다. 내선일체란 외따로 떨어진 비현실적인 말이 아닙니다. 일본과 조선이 하나 되는 마음, 내선일체는 이렇게 항상 바로 코앞에 있는 것입니다.

(참고 : 이영근)

우레와 같은 박수 ―

사회자 이어서 주요한 시인의 헌시 〈첫 피〉를 최승림 양이 대독 하겠습니다.

최승림 나는 간다
만세를 부르고
천황폐하 만세를
목껏 부르고
대륙의 풀밭에
피를 부리고
너보다 앞서서
나는 간다

피는 뿜어서
누런 흙 우에
검게 엉기인다

형아, 아우야

이 피는
너들의 피다
너들의 뜨거운 피가
2천 3백만 너들의 피가
내 몸을 통해서
흐르는 것이다

나는 간다
만세를 부르고
천황폐하 만세를
목껏 부르고
아아
간다
나는,
너보다 앞서서
한자욱 앞서서
만세, 만세 —

최경진, 저택 안에서 뛰어 나와 발작적으로 외친다.

최경진 반자이 — 반자이 — 반자이!
길례 어이구 왜 저런댜. 도련님, 도련님 —

지서방, 길례와 함께 최경진을 제압하며.

지서방 정신 차리시소. 도련님, 도련님 —
최경진 최씨 가문 반자이! 천황폐하 반자이! 대일본제국 반
자이!

8

최승림, 구필호와 차를 마시며 담소 중이다.
멀찌감치 떨어져 책을 읽고 있는 최경진 —
그들의 대화엔 조금도 관심이 없는 모습이다.

구필호 내지(內肢, 일본)는 요즘 매일 공습경보라는군요.

최승림 (말없이 차만 마신다)

구필호 B29가 수를 놓는다는데… 중국 쪽 전황도 썩 밝지 않고… 남경 점령 때만 해도 하루아침 간식거린 줄 알았더니.

최승림 관동군이 좀 강해요. 문제는 미국이지.

구필호 아유, 그쪽엔 소련이 있어요. 미국은 그나마 낫지. 스탈린 내려오면 우리들은 아마 삼족이 멸할지도… 저희 아버지도 내심 걱정이 이만저만 아닌 걸요.

최승림 걱정 마요, 일본은 그렇게 쉽게 망하지 않으니까.

구필호 전 그냥 전황 돌아가는 게 심상치 않아서…

최승림 명치 30년 만에 열강 중에 열강 러시아를 꺾었어요. 지금은 더 강하구요.

구필호 네, 알겠습니다. 충분히 공감합니다.

최승림 요즘 비행기를 헌납하는 게 유행이라던데, 어때요.

구필호 우리 집이 무슨 돈이 있다고… 이 집에 대면 우린 소작

농이죠. 군수 자리라도 하나 떨어지면 또 모를까. (말을 돌린다) 근데 오늘은 멀쩡하네요, 경진이.

최승림 예나 지금이나 경진인 정상이에요.

구필호 그럼요, 그렇죠. 저… 그런데 그때 그건 한번 생각해보셨어요?

최승림 …

구필호 아버님이 원체 성화시라. 사실 승림씨도 지금은 안정이 필요하구요.

최승림 저 사랑해요?

구필호 그건 승림씨가 더 잘 아실 텐데요.

최승림 우리 집 재산이 아니구요?

구필호 아유, 승림씨도. 섭섭하게 …

최경진, 비명 —

최경진 가. 꺼져. 저리 가라구 — 날 좀 살려 줘.

최승림 경진아! 괜찮아

최경진 그 말밖에 할 게 없지. 잘난 우리 누나. 내가 책 읽어줄까? 누나가 꼭 좋아할 만한 대목이지. (책장을 넘기며) 당대 최고의 소설가 춘원 이광수의, 제목 — 아, 사랑인가.

최승림 그만해.

최경진, 개의치 않고 미친 듯이 읽는다.

최경진 그는 마사오를 만나면 제왕의 앞에라도 선 것처럼 얼굴을 들 수가 없고 말도 나오지 않았다. 극히 냉담한 태도를 꾸미는 것이 보통이었다. 그는 또한 그 이율 몰랐다. 그저 본능인 것이다. 그래서 그는 붓으로 입을 대신했다. 삼 일 전에 그는 손가락을 잘라서 마사오에게 혈서를 보냈다. 온통 마사오, 마사오… 춘원의 이 더러운 비역질. 누나 마사오, 마사오, 마사오라구! 참 우리가 죽인 그놈도 마사오였나? 그래 마사오! 마사오! 마사오라고.

최승림 지서방!

지서방 달려온다.

최승림 뭘 보고만 있어!

저택 안으로 밀어 넣는 상두와 지서방.
들어가지 않으려 비명과 욕설을 내지르는 최경진 —

최승림 뭘 그렇게 쳐다봐요?
구필호 아, 아닙니다…
최승림 머리가 아프네요. 담에 봬요. (사이) 안 들리세요? 그만 가 달라구요.
구필호 아, 예.
최승림 이렇게 살 순 없어.
지서방 힘을 내십쇼, 헤헤.

최승림 내가 누굴 위해 강연회다 부녀회다 뛰어 다니는 줄 알
아. 모두 다 저 아이 때문이라고.

저택 안에서 최경진의 비명소리.

최승림 저런 지경에 작위를 물려받아? 흥, 감방 가지 않는 게
다행이지.

지서방 다 그놈의 버어마 때문 아니겠습니까. 지금 와 갑자기
몰핀을 끊어 놓으니.

최승림 … 약이 있으면 괜찮아지겠어?

방안에서 경진의 욕지거리 소리.

9

庭園. 최경진과 지서방 —
최경진은 아편에 완연히 중독된 얼굴이다.
지서방은 연신 막걸리를 마시고 있다.

최경진 그래서 이 터가 원랜 아흔아홉 칸 기와집이었단 말이지. 근사하다 히히.

지서방 그럼은입쇼. 근방으로 윤참판 댁 이화정(梨花停) 하면 모르는 사람이 없었습죠.

최경진 헌데 어쩌다 우리 할아버지가 이 터를 사게 됐어.

지서방 그런 일이 있었습죠. … 한 대 더 태우세요.

최경진 할아범도 한 대 태우게, 히히.

지서방 저는 막걸리가 앵춥니다. 한 잔 하면 몽롱한 게 똑같습죠, 헤헤. 그나저나 이 앵초가 명약은 명약인가 봅니다. 이거 하시고 도련님 입에서 씨발이란 소리가 싹 사라졌으이.

최경진 그런가 씨발? 히히 농담일세. 근데 보면 할아범은 술귀신이야. 참, 술귀신을 코쟁이들은 뭐라는지 아나?

지서방 코쟁이들도 귀신이 있어요?

최경진 그럼. 희랍엔 귀신들로 바글바글 해.

지서방 그래요? 뭐라는 뎁쇼.

최경진 정답은… 박카스 혹은 디오니소스. 같은 귀신인데 이름이 틀려. 그리스는 디오니소스 로마는 박카스. 아니 그리스는 박카스 로마는 디오니소슨가? 히히, 내가 좀 그래.

지서방 허허, 우리 도련님 유식도 하십니다. 허긴 일본에서 대학까지 다니셨으니.

최경진 (가슴을 치며) 릿쿄대 문학부, 릿쿄대 문학부 내가! 할아범 알지?

지서방 아무렴은요. 정신만 올이 돌아오신다면 이리 똑똑한 분이 없으시죠.

최경진 내가 정신이 좀 꺼졌다 커졌다 하지. 근데 할아범…

지서방 말씀하십시오 도련님.

최경진 이 앵초는 왜 자꾸 나한테 피게 하나?

지서방 예?

최경진 누나가 시키던가? 날 아편쟁이 만들라고?

지서방 아, 아닙니다. 너무 괴로워하시니 제가 몰래…

최경진 히히, 그렇지? 그래서 왜 망했다구. 윤참판댁 풍비박산 비명횡사 왜 했냐구?

지서방 몽롱하시죠?

최경진 나야 항상 몽롱허지.

지서방 그럼 그냥 이야기라 생각하고 들으십쇼. 허다하고 재미있는 이야기요.

최경진 이야기 좋지. 재미있는 거 더 좋지.

지서방 옛날입니다. 정원이 아름다운 기와집이 있었습죠. 매화

며 동백이며 도화도 좋았지만 기중 제일이 뽀오얀 오얏
꽃이라 이화정, 이화정 하던 집이었습죠.

최경진　오얏꽃 좋지. 히히, 울 누부의 뽀오얀 가슴 같지.

지서방　상스럽게 도련님도 헤헤. 꽃이 질 땐 또 얼마나 장관
이던지 떡가루처럼 펄펄 날리면 근자 사람들은 죄 몰
려들고…

최경진　눈에 선하네. 저어기로 꽃이 펄펄 져. 하이고 보기 좋아.

지서방　그 집에 살던 윤참판은 평판 좋은 유생에 지조 있는 선
비였습니다. 도련님 조부님과는 동문수학 하셨던 벗이
었구요.

최경진　저기 뵈는 저 두 사람 말이지.

지서방　그것까지 보이세요?

최경진　그럼 내 눈에선 가끔 총알도 나간다구 히히.

지서방　허허, 그렇습니까. 아무튼 을사년인가 그만 윤참판네가
풍비박산이 났습니다. 의병들하고 내통한 걸 어떻게 알
고 왜놈들이.

최경진　우리 할아버지가 밀고했던가? 저기 윤참판 저기 헌병
순사들한테 끌려가네.

지서방　그래요. 아무튼 폭삭 망했습지요. 윤참판이야 당연지사
아들 내외 할 것 없이 옥에 갇히고 난장에 가고 (사이)
종들마저 다 떠난 이 집안에 그저 나랑 어린 계집종 하
나 있었습니다.

최경진　그리고 우리 할아버지가 이 집을 덥석 했고?

지서방　… 원체 이 집을 갖고 싶어 했으니까요

최경진 그런데 그 좋아하던 기와집은 허물고 왜 새로 지었던가.

지서방 참말 몽롱하시죠?

최경진 자꾸 그래. 나야 항상 몽롱허지.

지서방 꼭 듣고 싶으세요?

최경진 꼭 듣고 싶네.

지서방 후회할지도 모릅니다.

최경진 …

지서방 그럼 귀 좀 빌립니다. 이런 이야긴 새가 듣고 별이 듣고 달이 듣고 바람이 듣고 구름이 듣고… 헤헤 세상엔 비밀이 없으니까요.

지서방, 최경진에게 귀엣말을 한다.
볕이 어두워졌다 환해진다.

최경진 안 들을 걸 그랬어… (시무룩해져서)

지서방 뭐랬습니까. 후회하실 것 같아 얘기하기 싫대두.

최경진 임금님 귀는 당나귀 귀 히히.

지서방 무슨 소리세요 그게?

최경진 할아범이 그래. 절대 해선 안 될 것처럼, 안 할 것처럼 하지만 할 말 다하고. 아니지 말하고 싶어 못 배기잖아. 대밭이라도 심어줄 걸 그랬어. 임금님 귀는 당나귀 귀. 하긴 히히 내가 대나무 하면 되지. 좋아, 나는 대나무야. 자, 나 대나무.

지서방 뭔 소린지 도통 모르겠습니다, 무식해서 헤헤.

최경진　할아범이? 그럴 리 있나. 히히, 이 귀염둥이… (사이) 그 나저나 할아범.

지서방　또 왜 그러십니까 도련님.

최경진　우울허네 내가. 약을 이렇게 먹고도 우울해. 약을 이렇 게 처먹고도 가슴이 터질 것 같으니 나는 어째야 좋나?

지서방　참말로 괜한 소릴 했나 봅니다.

최경진　짐작은 했지만 이리 몹쓸 집안이었는가? 그 죄도 무서 운데 아비가 탐한 여자를 또 그 아들이 탐하고.

지서방　도련님 고정하세요.

최경진　괴롭지도 않지. 부끄럽지도 않아. 죽고 싶지도 않고. (사 이) 그래서 그 불쌍한 핏덩이는 어떻게 했나?

지서방　주인어른께서 간밤에 쥐도 새도 모르게 일본으로 배 태 워 보냈습죠.

최경진　하긴 두려웠겠지. 할아버지 씨를 뱄으니 차마 죽이진 못하고. 허허 얼마나 두려웠을까 소문이. (사이) 그래서 그 아이는 뭘 하고 있다던가?

지서방　그걸 어떻게 알겠습니까.

최경진　행여 이 집에 찾아오진 않았고.

지서방　그, 그럴 리가 있겠습니까. 살았는지 죽었는지.

최경진　히히, 할아범 의뭉은 알아 줘야 된다니까. (사이) 앵초나 한 대 줘.

지서방　(한 대 재워준다)

최경진　걱정 말어. 고스란히 내 물려받을 걸세. 어디 이 저 택, 나주평야의 땅 덩어리 몇 마지기만 유산이겠는

가. 값 치르지 않은 모두가 유산이지. (한 모금 피워 문다) 히히, 다시 몽롱허네. 옛날이야기 잘 들었네. 그저 몽롱하지.

물동일 이고 분홍치마를 입은 소녀가 걸어 나온다.

최경진　할아범, 저게 누구야. 저 처녀가 누구야?

지서방　어디요? 누굴 두고 말씀이십니까.

최경진　(다가가며) 저기. 우물가에, 저 소녀.

지서방　아무리 봐도 아무 것도 없는 뎁쇼?

최경진　저기 있잖아. 왜, 분홍치마에 물동일 이고⋯ 할아범 저기.

지서방　(사이) 그래요 도련님⋯ 저는 평생을 보고 살았습죠. 저 헛것이 가슴에 맺혀 평생을 그렇게⋯

소녀, 물 한바가지 먹고 헛구역질을 한다.

최경진　너는 누구야? 처자는 누구야? 말간 물 한 바가지 먹고 헛구역질만 해야.

지서방　도화나무 숨어서 저는 봅니다. 이화나무 숨어서 저는 봅니다.

소녀는 물 한 바가지 먹고 헛구역질을 한다.

최경진 말을 해봐야. 어쩌자고 물만 먹고 헛구역질만 해야. 너
는 누구야.

지서방 꽃이 필 때야 꽃이 질 때야. 풋살구 하나 멕였음 눈물이
라도 나지 않지.

소녀는 물 한 바가지 먹고 헛구역질을 한다.

최경진 차라리 간장을 먹어야. 차라리 양잿물을 먹어야.

지서방 꽃이 필 때야 꽃이 질 때야. 지켜보는 마음만 서러웁고
서뤄라.

소녀는 우물가 나무에 기대어 서럽게 운다.

최경진 너 가자. 날랑 가자. 너 여 있으면 더 못 산다. 너 여서
는 꼭 죽겠다. 세상없이 꼭 죽겠다. (소녀에게 다가간다)

지서방 이화꽃 지네 이화꽃 피네.
열여덟 가시내의 눈가 우로도 이화꽃 피네, 이화꽃
지네.
아흐, 손목 우로 물든 붉은 피멍이야.

소녀는 우물 속으로 뛰어 든다.

지서방 영옥이를 사랑한 건 저였습니다.
비록 주인 부자가 번갈아 품었지만 그 마음을 품은 건

저였습니다.

제 원래 주인어른을 그렇게 풍비박산 내는 것을 보고도 그 치욕을 안고도 이곳을 떠나지 못한 것은 도련님 단지 저 가시내 하나 가여웁고 사랑이었기 때문이었습니다.

최경진　무너져라, 무너져, 무너져버려라 ── 아버지, 아버지 ──!

10

구필호 승림씨가 절 먼저 만나자고 하고 의왼데요?

최승림 왜, 저는 그러면 안 되나요?

구필호 천만에요. 강연이다 집회다 원체 정신없다고 들어서.

최승림 모두들 정신없죠. 전황이 급박하게 돌아가니까.

구필호 참, 오키나와까지 미군이 점령했다는데?

최승림 유언비어예요. 필호 씨도 그런 헛소문에 일희일비 하진
         마세요.

구필호 하하, 제가 원체 소인배 기질이 있어놔서.

최승림 자기 험담을 자기 입으로 할 필욘 없어요. 남들은 정말
         로 믿으니까.

구필호 그런가요? 이거 담부턴 말조심해야지…

최승림 그때 그 약속 아직도 유효한가요?

구필호 약속이라니?

최승림 우리 결혼요.

구필호 당연하죠. 결론 내리셨어요?

최승림 (끄덕이며) 하지만 부탁이 있어요.

구필호 뭐든 말씀해보십시오.

최승림 저까지 시집가고 나면 정말 이 집안엔 아무도 없어요.

구필호 경진이가 있지 않습니까.

최승림 그래서 하는 부탁이에요. 필호 씨 아버님 대의당 당수

박춘금과 막역하다죠?

구필호 그건 승림 씨도 마찬가지 아닙니까?

최승림 아버지 살아 계실 때 얘기죠. 우리 집은 이제 그냥 허다
한 지주 중에 하나일 뿐이에요.

구필호 하하, 남들이 들으면 섭섭하다 합니다.

최승림 나름대로 노력했지만 그렇네요. 시국강연이다 집회다
아무리 용써봐도 전 여자일 뿐이었어요. 부탁은 간단해
요. 아버지나 할아버지가 받았던 작월 제 동생도 받게
하는 거예요. 작월 물려받는 건 당연한 일이잖아요. 그
런데도 제 동생은 심사에서 번번이 탈락했어요. 이유는
아시겠죠? 그래요, 제 동생이 조금 정신이 오락가락하
긴 해요. 하지만 그건 전쟁 후유증이에요. 잘 아시죠.

구필호 네. 뭐 그렇긴 하지만 무슨 힘이 있겠어요, 저희가.

최승림 박춘금 그 사람 새로 부임한 노부유키 총독과 막역하다
고 들었어요. 물론 구니아키 전 총독이 계실 때라면 내
가 직접 찾아가서 부탁할 수도 있었을 거예요. 아시겠
지만 지금은 그런 끈들이 다 떨어졌죠.

구필호 전하긴 하겠지만 장담할 순 없겠는걸요.

최승림 장담해주세요. 우리가 뭐가 부족해요? 할아버진 한일
합방에 공헌했어요. 아버지의 업적은 말할 필요도 없
고. 왜 동생만 안 된다는 건지 이해할 수가 없어요. 무
조건 도와주세요. 저희 결혼은 제 동생이 작위를 받고
난 후예요.

구필호 솔직히 전 잘 모르겠습니다. 작위가 왜 그렇게 중요

한지.

최승림   우리 집안은 남들과 다르니까요.

구필호   그건 세상이 인정하죠. 조선시대부터 뼈대 있는 집안이
었고

최승림   어떤 집안은 돈만으로 되죠. 우리 집안은 명예도 필요
해요.

구필호   뭐 그렇긴 하겠지만

최승림   우린 사람들이 우리 집안을 우러러 보는데 익숙해요.
그건 돈만으론 부족하죠.

구필호   예, 알겠습니다.

최승림   노부유키 총독에게 전해 주세요. 제 동생이 작위를 받
게 되면 비행기를 한 대 사서 바치겠다고.

구필호   그렇게 전해 드리죠.

최승림   아버님 기일 전에 받고 싶어요. 아시겠죠.

11

저택, 만찬장. 도열해 있는 사람들.

몹시 불안하고 초조해 하며 앉아있는 최경진.

터뜨려지는 카메라 플래시.

구필호   일이 잘돼서 다행이에요.

최승림   아버님께 꼭 고맙다고 전해주세요.

구필호   뭘요. 총독부나 귀족원에서도 만장일치였답니다. 비행
기 한 대가 애국심을 증명하죠. 동생분이 잘해주셔야
할 텐데…

최승림   쓸데없는 걱정 말아요.

사회자   먼저 마쓰무라 하나에 양의 기념축사가 있겠습니다.

구필호   잘하세요.

연단으로 올라가는 최승림.

최승림   먼저 저희 아버님 기일과 제 동생 마쓰무라 지로 군의
작위 수여식에 참석해 주신 여러분께 진심 어린 감사의
말을 전하겠습니다. 여러분들의 성의가 아니었다면 저
희 남매는 참으로 어려운 시절을 겪었어야 했을 것입니
다. 다시 한 번 여러분 모두에게 감사드리며 아버님 살

아생전 남기셨던 유작 원고 한 대목을 낭독하며 시작하겠습니다. 신생 조선의 출발. 나는 몽상한다. 반도의 청년이 대다수 군국을 위해 기쁘게 죽는 날을! 완전하게 일본화한 조선인 중에서 재상이 나오는 그 찬란한 날을! 백년 후인가 몇백 년 후인가. 그러기 위해 내선일체를 심화, 철저하게 하여 완성시키자. 내선일체를 영구적 진리로 만들자. 내선인에 대한 당위로 만들도록 하자!

최경진 정말 몽상가군. 완전히 미친 소리지. 저걸 연설이라고.

구필호 쉿. 경진 씨 조용.

최경진 뭘 조용히 해. 찬양할 게 없어 죽음을 찬양해?

사회자 다음은 오늘의 주인공이자 마쓰무라 지로 군의 자작 수여식이 있겠습니다.

구필호 나가요, 어서.

자작 훈장과 띠를 받고 연단에 선다.

최경진 제가 이걸 받다니 눈물이 다 납니다. 여러분은 마쓰 섬에서 옥쇄하지도 못하고 군국을 위해 기쁘게 죽지도 못한 제가 이걸 받는 게 마땅하다고 생각하십니까? 아닙니다. 저는 자격이 없습니다. 솔직히 말하겠습니다. 전 대일본제국을 위해 기쁘게 죽지도 못하겠고, 천황폐하를 위해 기쁘게 죽지도 못하겠습니다.

사람들의 웅성거리는 소리.

최경진　모두들 닥치고 제 말 좀 들어주시겠습니까. (사이) 모두들 제가 군대에 자진 입대했다고 하지만 실상은 그렇지 않습니다. 전 가기 싫었습니다. 하지만 잘난 제 아버지께서 자신의 출세를 위해 집어넣었죠. 그리고 그 잘난 아버지께서 1년 전에 이곳에서 돌아가셨습니다. 아니 그냥 돌아가신 게 아니라 살해됐죠. 그것도 자기 부인의 손에 의해…

최승림　끌어내려. 뭘 해. 어서 끌어내리라구!

지서방과 사람들 최경진을 끌어내린다.
아수라장이 되는 만찬장.

최경진　어머닌 내가 죽였어. 내가 어머닐 죽였다고. 그건 우리 누나가 제일 잘 알 거고. 난 가미가제다. 이 잘난 집안을 향해 내리꽂히는!

12

구필호 작위 수여는 없던 일로 했답니다.

최승림 (그저 말없이)

구필호 그리고 우리 결혼식도. 아버님이 허락치 않으세요. 미
안합니다, 승림 씨.

최승림 (고개를 끄덕인다)

구필호 오해 마요. 그 이야기 때문은 아닙니다. 경진 씨가 정신
이 오락가락 하단 건 세상이 아니까… 그럼 가보겠습니
다 이만.

구필호 퇴장.

사이.

최승림 저도 이제 어쩔 수 없어요. 아버지라도 저와 같은 결
론을 내렸을 거예요. 그래요. 세상이 우리 집안을 의
심한 데서야 말이 안 되죠. 그런 일은 없어요. 이게
최선이에요.

아편 속에 비상을 섞는다.

지서방 아씨.

최승림 무슨 일이지.

지서방 도련님이 몹시 괴로워합니다. 갑자기 약을 끊으시니.

최승림 괴로워하라지. 난 더 괴로워.

지서방 석유통을 들고, 불을 질러 버린다며.

최승림 미친 자식!

지서방 어떻게 합니까?

최승림 가져가. 먹고 알아서 하라고 해. (약을 내준다)

지서방 (약을 받아들고 내려다본다) 유일한 핏줄입니다.

최승림 무슨 소리지?

지서방 도련님은 이 가문의 종손이란 뜻입니다.

최승림 그래서 그게 무슨 소리냐고!

지서방 아가씨가 지키려고 한 게 도련님 아니었습니까.

최승림 그래서 약을 주잖아.

지서방 아씨!

최승림 할아범.

지서방 말씀하시죠, 아가씨.

최승림 정말 우릴 생각해서 하는 소린가.

지서방 그럼은 입죠.

최승림 아니, 음흉한 눈으로 항상 뭔가를 꾸미고 있지.

지서방 무슨 말씀이신지…

최승림 줘!

지서방 예?

최승림 그 약봉질 다시 달라고.

지서방　잘 생각하셨습니다.

최승림　내가 직접 가져다주지.

최승림, 최경진의 방으로 들어간다.
최경진, 석유통을 들고 왔다갔다하며.

최경진　다 불 싸질러 버리자. 다 태워 버릴 거야. 이 저주받은 집. 다 태워 버릴 거라구.

최승림　그렇게 떠나가라 소리 지르지 않아도 돼.

최경진　잘난 우리 최씨 집안의 장녀가 납시었습니다. 왜 겁났어? 다 싸질러 버릴까봐 가슴이 덜컹한 거야?

최승림　너 따위 하나도 겁나지 않아.

최경진　정말 다 싸질러 버린다. 정말 다 불 질러 버린다.

최승림　맘대로 하던지.

석유를 뿌린다. 미동도 않고 바라보는 승림.

최경진　자, 이래도? 이래도 겁나지 않아? 겁나지, 어서 겁난다고 말해. 이 모든 게 타 버릴까 봐 가슴 졸여 죽겠지? 그렇지? 그렇다고 말해 어서.

최승림　성냥도 그어. 나도 지긋지긋하니까. (성냥을 던져준다) 자, 어서.

최경진　좋아. 다 태워버릴 거야. 내가 못할 줄 알아!

최승림　이건 약이야. (아편을 보여준다) 왜 이대로 끝내긴 아깝

81

니? 아직 너한테도 미련이 있어? 선택해. 둘 중에 어떤 걸 먼저 선택할래? 어서! 나도 궁금해.

사이.

최경진 아버지 딸답군.

최승림 그래서 어떤 걸 선택할 거야.

최경진 (약봉지를 향해 손을 내민다) 이겼다곤 생각지 마. 난 이 집안의 일들을 모두 기록하고 있으니까. 신문에 투고해 버리겠어.

최승림 그러라지. 누가 믿겠니. 너 같은 아편쟁이 말을. 지금도 니 말이라면 신물이 난다더라.

최경진 믿지 않곤 못 배길 걸.

최승림 가십 이상도 이하도 아니지.

최경진 그건 가 봐야 알지. 난 다 까발릴 거야. 잘난 척 오만한 척 하지만 더러운 이 집안의 오물들을!

최승림 나쁜 자식. 넌 내가 좋아서 이 짓거릴 하는 줄 아니? 다 너 때문인 줄 몰라. 그런데 넌 고작 누날 협박하는 거야. 나는 안 괴로운 줄 알아. 나도 괴로워. 응, 이 나쁜 놈아⋯

.

최승림, 억눌러 왔던 눈물이 터져 나온다.
최경진, 갑작스런 그 모습에 당황하며 다가간다.

최경진 누나 울어? 누나 울지 마. 에이 씨, 왜 그러는 거야. 누난 그런 사람이 아니잖아. 울지 마 제발. 이건 모두 다 내 잘못이야. 좋아, 그딴 노트는 찢어 버릴게. 그러니까 누나…

최승림 우린 해야 할 일을 했던 것뿐이야. 죽는 건 쉬워. 하지만 그 더러운 이름은 두고두고 괴롭힐 거라고.

최경진, 승림의 눈물을 닦아주며 안는다.

최승림 다시 예전으로 돌아가는 거야. 아무것도 없었던 것처럼. 괴로워할 것도 괴로워 할 필요도 없어. 그렇게 사는 거야. 살아가니까.

최경진 (조금씩 가슴을 더듬는다) 그런데 이 피는 어떡하지? 이 더러운 피는 어떻게 씻어 내지? 어쩌면 우리끼리만 정화할 수 있는지 몰라. 살을 섞고 피를 섞는 거야. 그럼 눈이 뒤틀리고, 코가 뒤틀리고, 팔이 다리가 온몸이 뒤틀린 뭔가가 나오겠지. 바라보며 평생토록 괴로워하며. (최승림을 덮친다) 그래 그러는 거야.

최승림 놔, 놔 — 이 미친 자식아

최승림, 사력을 다해 빠져 나와 최경진의 뺨을 올려 부친다.

최승림 넌 역시 구제불가능이야.

최경진 누나…

최승림 그렇게 좋아하는 이거나 처먹고 죽어버려. (약을 던져
준다)

최경진 흐흐, 그래. 이걸 먹고 나면 이 집 차례야. 두고 봐. 확
싸질러 버릴 테니까.

최경진, 허겁지겁 생아편을 뜯어먹는다.

최경진 누나… (헛구역질을 한다)

최승림 이게 최선이야. 널 위해서도. 아버지도 어머닐 위해서
도.

최경진 누나… (고통스럽게 몸을 뒤척인다)

최승림 내가 어떡길 바랬니. 왜 이렇게까지 만든 거야. 이 지
경까지 오게 했냐고, 이 바보야.

최경진 차라리 이게 나은지 모르지. 그래 누나… (희미하게 웃으
며 숨을 거둔다)

최승림 (경진의 입에 손가락을 넣으며) 내가 잘못 했어. 토해, 어
서 토하라고. 이건 아냐.

최경진 아니, 이게 맞아…

최승림 안 돼. 내가 미쳤어. 내가 미쳤었지. 지서방 — 지서방
—

최승림, 지서방을 부르며 황급히 나간다.
소녀, 물동이에 하얀 오얏꽃을 뿌리며 돌아다닌다.

최경진　꽃이 필 때야, 꽃이 질 때야…

최경진, 숨을 거둔다. 무대 환해진다.
그의 넋을 소녀가 이끌어 나간다.

최경진　꽃이 필 때야, 꽃이 질 때야 …
　　　　열여덟 가시내의 눈가 우로도
　　　　꽃이 필 때야 꽃이 질 때야 …
소녀1　꽃이 필 때요 꽃이 질 때요 …
　　　　열여덟 머슴애의 어깨 우로도
　　　　꽃이 필 때요 꽃이 질 때요 …

13

상복차림의 최승림.
지서방 들어오다 잠시 몸을 숨겨 바라본다.

최승림 항상 몰래 훔쳐보지.

지서방 알고 계셨습니까, 헤헤. 행여 방해 될까 싶어서.

최승림 고맙군, 그렇게 날 생각해 주다니.

지서방 섭섭한 소릴 하십니까. 저야 항상…

최승림 길례는 군소리 없이 가던가.

지서방 그럼, 주인이 종보고 나가라는데. 두둑허니 챙겨 보냈으니 엉덩이깨나 실룩거렸을 겝니다.

최승림 대문에 못질도 끝냈고.

지서방 다 닫아걸고 못질도 끝냈습니다. 또 그 놈 일본 귀신 영부는 도끼로 쪼개버렸습니다.

최승림 떼어 내라고 했지 쪼개 버리라곤 하지 않은 듯한데.

지서방 그랬습니까.

최승림 할아범은 모른 척 자기 마음대로 하지.

지서방 죄송합니다.

최승림 그래 자네 심경은 어떤가.

지서방 제 심경이라니 무슨 말씀인지? 아, 미칠 것만 같지요.

최승림 좋아서?

지서방 그 무슨.

최승림 통쾌한가?

지서방 아씨.

최승림 괜찮네. 솔직하게 말해보게.

지서방 도무지 무슨 말씀인지.

최승림 그걸 몰라서 묻나.

지서방 글쎄 그게 전 도무지…

최승림 내 입으로 듣고 싶은가. 내 입으로 말하게 되면 자넨 살지 못할 걸세

지서방 …

최승림 아무 것도 모르는 엄마에게 이 집안의 비밀을 말한 것도 자네지. 그 사실로 남편을 증오하리란 걸 알면서. 수소문해 마사오를 데리고 온 것도 자네고, 죄책감에 괴로워하는 동생을 부채질해 더욱 미치게 한 것도 자네고, 날 도와주는 척 끝내는 이 지경으로 만든 것도 자넬세.

지서방 …

최승림 자네 방에서 나온 거야. (노트를 던진다) 경진이가 써 오던 노트가 없어졌거든. 순간 모든 게 확연해졌지.

지서방 그래요, 그랬습죠. 하지만 오해 마세요. 전 이 집안이 감춰 둔 약간의 비밀을 얘기했을 뿐입니다. 모두들 궁금해 하기에 말한 죄밖에 없습니다.

최승림 자넨 우리 집안의 종이지. 배은망덕하다고 생각지 않아?

지서방　이 전에 윤참판 어르신의 종이었습죠.

최승림　그래서 옛 주인을 위해 복수라도 할 작정이었나?

지서방　종의 운명이 그렇게 거창하진 않습죠.

최승림　그러면 왜!

지서방　말했습죠. 전 진실을 말한 죄밖에 없다고. 그래요, 감춰 논 그 추악한 과거를 당사자들만큼은 알고 있어야 한다 고 생각하긴 했습죠.

최승림　그 종년을 빼앗아간 원한으로.

지서방　그건 중요치 않습니다. 옥죄는 덫을 건 것은 이 집안사 람이지요. 특히나 아씨는 어리석지요. 진실은 덮고 감 춘다고 사라지는 게 아니거든요.

최승림　누구에게 밝히고 누구에게 용서를 구하지? 누가 우리 에게 돌을 던질 수 있냔 말야.

지서방　그걸 판단하는 건 아씨 몫이 아닐지도 모릅니다. 이 노 트 역시 아씨께 아닐지도 모르고요.

최승림　아니 그건 우리 거고, 우리 집안의 일이야.

지서방　여전히 어리석군요.

지서방, 노트를 주워든다.

최승림, 서랍 속에서 총을 꺼낸다.

지서방　절 죽이실 겁니까. 몇 번이나 진실을 가두려 죽임이 있 었지만 이렇게 진실은 살아 꿈틀대지 않습니까.

최승림　(고갤 가로 저으며) 아니. 더 이상 죽음은 없어.

지서방의 허벅지에 총을 쏴 방안에 가둬 놓고 나온다.
승림, 초상화 밑에 단정하게 앉는다.

최승림   넌 영원히 그 안에서 나올 수 없을 거야.

자넨 그 골방에 갇혀 미이라가 되는 거지.
좋아 환장할 그 진실을 부여안고.

에필로그

다시 처음처럼 안개,
일왕의 항복선언문 소리 고조, 되풀이.
절뚝이며 지서방이 나온다, 손에 노트.

지서방   정의의 신전을 모욕한 자에게는
부와 권력도 급류를 막아주는 안전탑이 되지 못하는 법
이러한 점을 잊은 자에게는 파멸이 오는도다 —
욕정이 그를 몰아치나니, 걷잡을 수 없는 욕정
죄를 꾸미는 운명의 딸 욕망 때문에 인간의 구원은 없
는 것
불길한 죄의 불길은 대낮에 비치나니
불순한 놋쇠는 손때 묻고 더러워지면 그 빛이 변하는
법
죄 지은 자도 이와 같으니라 —
요염한 쾌락이 가벼운 깃털 날개를 달고 날며 그를 꾀
었을 때
국민은 그의 무서운 죄 때문에 신음하였나니
그의 헛된 기도, 신들은 들으려 하지 않았네.
(아이스킬로스 『아가멤논』 中)

지서방, 다리를 절뚝이며 사라진다.
저택 안에서 총소리, 한 발.

– 막이 내린다.

---

* 아가멤논家의 비극을 바탕으로 2006년 6월 草稿를 짓다.
소포클레스, 아이스킬로스, 유진 오닐의 작품들에 깊은 영향
을 받다.

한국 희곡 명작선 26

적산가옥

초판 1쇄 인쇄일   2019년 1월 16일
초판 1쇄 발행일   2019년 1월 25일

지 은 이   백하룡
만 든 이   이정옥
만 든 곳   평민사
              서울시 은평구 수색로 340 [202호]
              전화: (02) 375-8571(代)
              팩스: (02) 375-8573
              http://blog.naver.com/pyung1976
              이메일 pyung1976@naver.com
등록번호   제251-2015-000102호
 정 가   7,000원

※ 이 책은 사단법인 한국극작가협회가 한국문화예술위
   2019년 제2회 극작엑스포 지원금을 받아 출간하였습니다.